MW00895952

Les éditions la courte échelle inc.
5243, boul. Saint-Laurent
Montréal (Québec)
H2T 1S4

Conception graphique: Derome Design inc.

Dépôt légal 3e trimestre 1990
Bibliothèque nationale du Québec

Copyright © 1990 la courte échelle

Les éditions la courte échelle inc.
Montréal • Toronto • Paris

Données de catalogage avant publication (Canada)

Anfousse, Ginette, 1944-

    Devine?

    (Les aventures de Jiji et Pichou; 11)
    Pour enfants à partir de 3 ans.

    ISBN 2-89021-138-X

    I. Titre. II. Collection.

PS8551.N46D48 1990   jC843'.54   C90-096221-6
PS9551.N46D48 1990
PZ23.A53De 1990

devine?

Vois-tu ce que je vois, Pichou?

C'est un petit quelque chose oublié par quelqu'un...

Et... il n'y a personne, absolument personne aux alentours.

Devine, Pichou? Devine ce qu'il y a dedans?

C'est rond comme mon chapeau...

Avec un trou au milieu...

Et c'est tout dégoulinant de chocolat.

Maintenant, Pichou, c'est terrible, terrible, ce que je vois.

Je vois trois petits yeux rouges qui me fixent férocement.

Trois petits yeux luisants enfoncés dans des millions
d'abominables écailles-aux-noix.

Tu sais ce que je pense, mon pauvre petit bébé-tamanoir-mangeur-de-fourmis-pour-vrai?

Je pense que quelqu'un, quelque part, a fait exprès d'abandonner ce monstre à trois yeux.

Quelqu'un qui voulait absolument s'en débarrasser.

Quelqu'un, Pichou, que l'on connaît bien tous les deux.

Quelqu'un qui a même oublié d'effacer son nom et son adresse sur le sac.

Devine, Pichou? Devine maintenant ce qui est rond comme mon chapeau et qui va se faire avaler tout rond?

C'était la monstrueuse collation de mon ami Cloclo Tremblay.

Tu sais, Pichou, je suis certaine qu'il sera content d'avoir échangé son horrible cyclope au chocolat à trois yeux.

Pour ma merveilleuse banane bien mûre.

Achevé d'imprimer sur les presses de Litho Acme Inc.
3e trimestre 1990